VENTE

HOTEL DROUOT, SALLE N° 10

A 2 HEURES

TABLEAUX

AQUARELLES ET DESSINS

Anciens et modernes

COMPOSANT

LA COLLECTION DE M. S***

Mᵉ Louis GARNAUD, Commissaire-Priseur

M. Georges MEUSNIER, Expert.

IMPRIMERIE ARTISTIQUE
MÉNARD & CHAUFOUR
220, RUE MILTON
PARIS

TABLEAUX

Anciens et modernes

AQUARELLES ET DESSINS

par ou attribués à

D. ALLAN, BARON, P. BARON, BÉRAUD, BERTIN, BOILLY
BONVIN, E. BOUDIN, M. BOUQUET, BOUTON
A. BRAUWER, A. CALAME, CHAPLIN, T. COUTURE, CRÉPIN
CRÉTIEN, DARTUGUE, G. DESCAMPS, DEFAUX, N. DIAZ, DROLLING
ELZEIMER, FANNY, FLEURY, E. FROMENTIN, GAUTHIER
BARON GÉRARD, GÉRICAULT, GRANET
J. B. GREUZE, HUYSMANS DE MALINES, MIGNARD, H. VERNET

ETC., ETC.

LE TOUT COMPOSANT LA COLLECTION DE M. S⋯

DONT LA VENTE AURA LIEU A PARIS

HOTEL DROUOT, SALLE N° **10**

LE JEUDI 21 NOVEMBRE 1901

à 2 heures

Me Louis **CARNAUD** *Commissaire-Priseur* 6, Rue Riboutté (Square Montholon)	M. Georges **MEUSNIER** *Expert près les Tribunaux* 27 et 22, R. St-Augustin

Exposition publique

LE MERCREDI 20 NOVEMBRE 1901

DE I H. 1/2 A 5 H. 1/2

CONDITIONS DE LA VENTE

Elle sera faite au comptant.

Les acquéreurs paieront *dix pour cent* en sus du prix des adjudications.

L'exposition permettant au public de se rendre compte de l'état et de la nature des objets, il ne sera admis aucune réclamation une fois l'adjudication prononcée.

Mais l'expert se tiendra à la disposition du public pendant toute la durée de l'exposition pour tous renseignements complémentaires.

Imp. Ménard et Chaufour, 8-10, r. Milton. Paris

Désignation

TABLEAUX

D. ALLAN

1 — Jeune garçon aux raisins.

BARON

2 — Paysage.

BARON (P.)

3 — Les Laveuses, effet de matin. Paysage.

Signé à droite.

Panneau, Haut. : 26 c. Larg. : 30 c.

BERAUD (J.)

4 — Etude de femme.

BERTIN (1775-1862)

5 — Isora del Sora, vue d'Italie. Paysage.

Toile, Haut. : 38 c. Larg. : 46 c.

BOILLY

6 — Portrait d'homme.

BOILLY (Ecole de)

7 — Portrait de jeune femme.

Gouache.

BONVIN

8 — Nature morte.

Signé à droite et en haut.
Toile, Haut. : 26 c. 5 Larg. : 34 c. 5

BOUCHER (Ecole de)

9 — Jésus dormant sur la croix.

BOUDIN (E.)

10 — Etretat.

Signé à droite : E. Boudin, Etretat, 888.
Toile, Haut. : 26 c. Larg. : 37 c.

BOUQUET (M.)

11 — Paysage au bord de la mer.

BOUTON

12 — Intérieur d'un cloître.

BRAUWER (A.)

13 — Joueurs de cordes.

CALAME (A.) (1810-1864)

14 — Intérieur de forêt.

> Signé an milieu sur la roche.
> Toile. Haut. : 25 c. Larg. : 21 c.

CALAME (A.)

15 — Le Lac, vue de Suisse.

> A droite et signé au bas.
> Toile. Haut. : 0m24. Long. : 0m35.

16 — Paysage, vue de Suisse.

17 — Etude.

18 — Etude.

CHAPLIN

19 — Jugement de Pâris.

C. COROT (?) 1796-1875

20 — Lisière de forêt.

> Toile Haut. : 0m68 Long. : 1m02.

21 — Vue de Naples.

> Toile Haut. : 38,05. Long. 0m53.

22 — Procession à Rome.

> Toile Haut. : 0m48. Long. : 0m55.

23 — Les Rochers.

> Panneau. Haut. : 0m17 Long. : 0m32.

24 — Diane.

G. COURBET (Attribué à)

25 — Cascade.

26 — Vue de Suisse.

27 — Paysage.

COUTURE (T.) (1815-1879)

28 — Tête de femme. Etude.

Toile. Haut. : 0m45. Long. : 0m37.

CRÉPIN

29 — Marine.

CRÉTIEN

30 — Vue de Bretagne.

Toile. Haut. : 0m45. Long. : 65m5.

DARTIGUE

31 — Paysage suisse.

DECAMPS (G.) (1803-1860)

32 — Le Rêve des Turcs.

Toile. Haut. : 0m30. Larg. : 0m38.
Au dos, la gravure.

DEFAUX

33 — Paysage animé.

DIAZ (N.)

34 — Fleurs.

DROLLING
35 — Charlotte Corday.

DUPRÉ (J.) ?
36 — Petit Paysage animé.

37 — Paysage.

38 — Paysage.

39 — Paysage.

ÉCOLE FLAMANDE
40 — Femme à la pipe.

ÉCOLE ITALIENNE
41 — Enlèvement d'Europe.

ELZEIMER
42 — Clair de lune.

FANNY FLEURY
43 — Portrait de femme.

FROMENTIN (E.) (1820-1896)
44 — Vue d'Alger, étude.

Toile. Haut. : 25 Larg. : 0^{m}33,5.

GAUTIER
45 — Moines au guet.

GÉRARD (Le baron)
46 — Prométhée.

GÉRICAULT (1691-1624)

47 — Étude de cheval.

Toile. Haut. : 0^m48. Larg. : 0^m6o.

GRANET (D.)

48 — Intérieur d'une cathédrale.

Toile Haut. : 0^m18. Larg. : 0^m25.

GREUZE (J.-B.) (1725-1805)

49 — L'Arrestasion au village.

Panneau. Haut : 0^m16. Larg. : 0^m20.

GREUZE (École de)

5o — Massacre des Innocents (?)

GROS (Le baron)

51 — Esquisse de bataille.

GUDIN (Th.)

52 — Habitation de l'Artiste à Colombelle.

Panneau. Haut. : 0^m36. Larg. : 0^m58.

GUDIN (Th.)

53 — Marine.

Signé à droite. Toile. Haut. : 0^m16. Larg. : 46,5.

GUERIN

54 — Portrait de femme.

HEBERT

55 — Portrait de femme.

HENNER (attribué à)

56 — Femme aux bulles de savon.
Esquisse.

57 — Femme couchée, vue de dos.
Esquisse.

HERVIER

58 — Le Vieux Moulin de Saint-Ouen.
Toile. Haut. : 31,5. Long. : 0^m39.

HESSE

59 — Jeune Berger.

HONDECOOTER

60 — Oiseaux de basse-cour.
Signé. Toile. Haut. : 0^m94. Larg. : 0^m87.

HUET (P.) (?)

61 — Retour du marché.

HUYSMANS de MALINES (1648-1727)

62 — Important paysage animé.
À droite et à gauche, de grands arbres. Au
centre de la composition, une route, au bord
de laquelle un homme est couché, estoccupée
par un groupe d'hommes et de femmes, dont
l'une porte une cruche sur la tête. Au plan
de fond, paysage montagneux avec tour en
ruines. Ciel nuageux.
Toile : Haut. : 0^m62. Larg. 0^m78.

ISABEY

63 — Retour de la pêche.

Toile. Haut. : 0^m31. Larg. : 0^m40.

64 — Episode révolutionnaire.

JEANNIN (G.)

65 — Fleurs (bouquet de roses).

Toile. Haut. : 0^m36. Larg. : 0^m54.

JOUVENET (J.)

66 — Portrait de femme peint sur métal.

LAPITO

67 — Paysage.

LAURENS (?)

68 — Entrée d'Alexandre le Grand à Moscou.

LAVIEILLE (E.)

69 — Paysage.

LEBRUN (École de)

70 — Allégorie.

LEDOUX (Mlle)

71 — Jeune femme assise.

LEMOYNE (H.)

72 — Enlèvement des Sabines.

Esquisse.

LEPRINCE (X.)

73 — Paysage suisse.

Animé de nombreuses figures.

74 — Autre paysage animé.

LOIRE (L.)

75 — Une partie de pêche.

LORENCEL (Le chevalier de)

76 — Abbaye de Beaumont, (Eure).

MARATTE (C.)

77 — Sainte Geneviève.

Peint sur cuivre.

MIGNARD

78 — Mlle de La Vallière.

79 — Portrait d'homme.

MOLYN (P.)

80 — Paysage animé.

MOLYN (P.)

81 — Paysage.

MONTICELLI

82 — Fête nautique.

Panneau, Haut. : 0^m29 c. Larg. : 0^m47 c.

MORGENSTEIN

83 — Scène de village.

Panneau, Haut. : 0^m28 c. Larg. : 0^m32 c. 5.

MURILLO (Ecole de)

84 — L'Enfant Jésus.

B. OMMÉGANEK

85 — Paysage animé.

PALIZZI

68 — Etude d'âne.

PECRUS

87 — Femme peintre.

PELEZ

88 — Etude de chien.

89 — Etude de chat.

PEUCHET (A.)

90 — Blés mûrs.

PILLE

91 — Etude de femme.

PILS

92 — Guerre d'Italie.

LE POUSSIN

93 — Moïse sauvé des eaux.

Fragment.

94 — Jésus et le paralytique.

POUSSIN (Guaspre)

95 — Paysage.

POPE

96 — Le lac Mohunk, (Amérique).

PRUDHON (École de)

97 — Sainte famille.

RIBOT

98 — Chanteurs des rues.

Panneau. Haut. : 0m47,5. Larg. : 0m51,5.

ROBERT (Léopold)

99 — Le Butin.

Scène de brigandage en Italie.
Toile. Haut. : 0m32. Larg. : 0m40

100 — Maria Grazia.

Fond de paysage Italien.
Panneau. Haut. : 0m26. Larg. : 0m18,5.

101 — Le Baiser.

Panneau. Haut. : 0m30. Larg. : 0m24.

ROMBOUTS

102 — Trompe-l'œil.

ROSALBA

103 — Femme à sa toilette.

BOTTENHAMMER

104 — Diane au bain.

ROYBET (D'après)

105 — Etude au Maroc.

SALVATOR ROSA (Ecole de)

106 — Paysage animé.

107 — Paysage.

108 — Repas champêtre.

VAN SPAENDONCK

109 — Fleurs.

STEUBEN

110 — A la fontaine.

Toile. Haut. : 0ᵐ20. Long. 0ᵐ15.

O. TASSAERT (Attribué à)

111 — Portrait d'homme.

112 — Etude d'enfant.

TROYON

113 — Etude de vache brune.

114 — Lisière de forêt.

115 — Les Bûcherons, forêt de Fontaine-
bleau.

116 — Vaches au pâturage.

117 — Pastel.

118 — Pastel.

119 — Esquisse.

V. de VAISE

120 — Femmes au citron.

VALIN

121 — Diane.

VAYREDA

122 — Conversation autour d'une table.
Signée et datée.

VELASQUEZ (D'après)

123 — Isabelle de Bourbon, femme de Phi-
lippe IV.

H. VERNET

124 — Combat naval.
Toile. Haut. : 0m27. Larg. : 0m39.

VERON

125 — Petit bras de l'Indre.

VERONÈSE (D'après)

126 — La Sagesse, compagne d'Hercule.

VILLAIN

127 — Nature morte.

INCONNU

128 — Paysage.

AQUARELLES DESSINS

GRAVURES

129 — BARIL. Une ferme, aquarelle.

130 — BARON. Un mariage à Saint-Roch sous le second Empire.

131 — BIDA (?). Un Pope.

132 — BOUQUET (M.) Marine.
Pastel.

133 — BONNINGTON. Le Vieux Rouen.

134 — CHAPLIN (C.) Femme au perroquet.

135 — CALLOT. Petite eau-forte.

Une autre eau-forte.

136 — CALVÈS. Deux petites marines.

137 — COROT. Paysage.

138 — COROT. Paysage.

139 — COTTEREAU. L'Incendie.

140 — DAUBIGNY (?). Marine.

141 — DEVÉRIA. Scène galante.

142 — DIAZ. Sujet de genre.

143 — ÉCOLE MODERNE. Sept Sujets en-
cadrés. Sujets divers. (Ce lot sera divisé).

144 — HARFORD. Dessin à la plume.

145 — INCONNU. Petite gouache ancienne.

146 —   —   Une autre   —

147 —   —   L'Éducation de la Vierge,
gouache ancienne.

148 — ISABEY (Attribué à). Vieux Paris.

149 — LANDSEER (E.). Animaux.

150 —   —   Animaux.

151 — DE JUNG. Au Parc Monceau.

152 — MADRAZZO. Petit portrait de femme.

153 — MARKS. Éventail.

154 — MEISSONIER (?). Scène d'intérieur.

155 — MINEN. Une rue d'Alger.

156 — ROTSCHILD (DE). Fleurs.
157 —   —   Fleurs.

158 — SAINTIN (J.-E.). Portrait d'un Es-
    pagnol.

159 — WILLETTE. Sujet de genre.

160 et suivants — Tableaux, aquarellés et des-
    sins non catalogués, faisant également
    partie de la collection de M. S. (Ces
    numéros seront réunis par lots.)